Animales espinosos

El lagarto cornudo

Lola M. Schaefer

Traducción de Patricia Abello

Heinemann Library
Chicago, Illinois

© 2004 Heinemann Library
a division of Reed Elsevier Inc.
Chicago, Illinois

Customer Service 888-454-2279
Visit our website at www.heinemannlibrary.com

All rights reserved. No part of this publication may be reproduced or transmitted in any form or by any means, electronic or mechanical, including photocopying, recording, taping, or any information storage and retrieval system, without permission in writing from the publisher.

Designed by Sue Emerson, Heinemann Library; Page layout by Que-Net Media
Printed and bound in the U.S.A. by Lake Book Manufacturing
Photo research by Scott Braut

08 07 06 05 04
10 9 8 7 6 5 4 3 2 1

Library of Congress Cataloging-in-Publication Data
Schaefer, Lola M. 1950-
[Horned toad. Spanish]
El lagarto cornudo / Lola M. Schaefer; traducción de Patricia Abello.
     p.cm.--(Animales espinosos)
  Includes index.
Contents: ¿Qué es el lagarto cornudo? --¿Dónde vive el lagarto cornudo? --¿Cómo es el lagarto cornudo? -- ¿Cómo es la textura del lagarto cornudo?-- ¿Cómo usa los cuernos el lagarto cornudo?-- ¿De qué tamaño es el lagarto cornudo? -- ¿Cómo se mueve el lagarto cornudo? ¿Qué come el lagarto cornudo? ¿Cómo se reproduce el lagarto cornudo?
   ISBN 1-4034-4300-9 (HC), 1-4034-4306-8 (Pbk)
1. Horned toads--Juvenile literature. [1. Horned toads. 2. Spanish language materials.] I. Title.
QL666. L267S3218 2003
597.95 --dc21

2003049943

Acknowledgments
The author and publishers are grateful to the following for permission to reproduce copyright material:
Title page, pp. 8, 15, 16 Karl H. Switak/Photo Researchers, Inc.; p. 4 Joe McDonald/Animals Animals; pp. 5, 6 Joe McDonald/Visuals Unlimited; p. 7 C. C. Lockwood/Animals Animals; pp. 9, 22, 24 E. R. Degginger/Animals Animals; p. 10 David Welling/Animals Animals; p. 11 Francois Gohier/Photo Researchers, Inc.; p. 12 G. C. Kelley/Photo Researchers, Inc.; pp. 13, 20 Wade Sherbrooke; p. 14 Jack Couffer/Bruce Coleman Inc.; p. 17 Larry Ditto/Bruce Coleman Inc.; p. 18 Joe DiStefano/Photo Researchers, Inc.; p. 19 R. Van Nostrand/Photo Researchers, Inc.; p. 21 Chuck Place/PlaceStockPhoto.com; p. 23 (column 1, T-B) A. N. T./NHPA, E. R. Degginger/Animals Animals, Corbis; (column 2, T-B) Joe McDonald/Animals Animals, Courtesy of High Resolution X-Ray CT Facility, University of Texas at Austin; back cover (L-R) A. N. T./NHPA, Joe McDonald/Animals Animals

Cover photograph by Karl H. Switak/Photo Researchers, Inc.

Every effort has been made to contact copyright holders of any material reproduced in this book. Any omissions will be rectified in subsequent printings if notice is given to the publisher.

Special thanks to our advisory panel for their help in the preparation of this book:

Anita R. Constantino
Literacy Specialist
Irving Independent School District
Irving, TX

Leah Radinsky
Bilingual Teacher
Inter-American Magnet School
Chicago, IL

Aurora Colón García
Reading Specialist
Northside Independent School District
San Antonio, TX

Ursula Sexton
Researcher, WestEd
San Ramon, CA

Unas palabras están en negrita, **así**.
Las encontrarás en el glosario en fotos de la página 23.

Contenido

¿Qué es el lagarto cornudo? 4
¿Dónde vive el lagarto cornudo? 6
¿Cómo es el lagarto cornudo? 8
¿Cómo es la textura del lagarto cornudo? . 10
¿Cómo usa los cuernos el lagarto
    cornudo?. 12
¿De qué tamaño es el lagarto cornudo?. . . 14
¿Cómo se mueve el lagarto cornudo? 16
¿Qué come el lagarto cornudo? 18
¿Cómo se reproduce el lagarto cornudo? . . 20
Prueba 22
Glosario en fotos 23
Nota a padres y maestros 24
Respuestas de la prueba 24
Índice. 24

¿Qué es el lagarto cornudo?

El lagarto cornudo es un animal con huesos.

Es un **vertebrado**.

Hay muchas clases de lagartos.

Los lagartos cornudos tienen **escamas,** como todos los demás lagartos.

¿Dónde vive el lagarto cornudo?

Casi todos los lagartos cornudos viven en los **desiertos.**

No necesitan mucha agua para vivir.

El lagarto cornudo construye su casa en tierra suelta.

Excava en **arena** y tierra.

¿Cómo es el lagarto cornudo?

El lagarto cornudo se parece a un panqueque grueso.

Es plano y redondo.

escamas cuernos

El lagarto cornudo tiene **cuernos** en la cabeza.

Tiene **escamas** en el cuerpo.

¿Cómo es la textura del lagarto cornudo?

cuernos

Al tocar la cabeza del lagarto cornudo se sienten bultitos.

Sus **cuernos** son duros y afilados.

Al tocar su cuerpo, también se sienten bultitos.

Sus **escamas** son ásperas, como la corteza de un árbol.

¿Cómo usa los cuernos el lagarto cornudo?

El lagarto cornudo usa los **cuernos** para protegerse.

De repente infla el cuerpo.

Entonces, sus cuernos y **escamas** se ven más grandes.

Los cuernos espantan a sus enemigos.

¿De qué tamaño es el lagarto cornudo?

De pequeño, el lagarto cornudo es muy chiquito.

Es más o menos del tamaño de un dedo.

Cuando es adulto, el lagarto cornudo es un poco más grande.

Podría caber en tu mano.

¿Cómo se mueve el lagarto cornudo?

El lagarto cornudo camina en cuatro patas.

El lagarto cornudo también puede correr.

¿Qué come el lagarto cornudo?

El lagarto cornudo come hormigas.

También come otros insectos.

El lagarto cornudo se sienta a esperar que lleguen insectos.

Después los atrapa con su lengua pegajosa.

¿Cómo se reproduce el lagarto cornudo?

El lagarto cornudo hembra hace huecos en la **arena**.

Pone muchos huevos en los huecos.

Después, los lagartos cornudos recién nacidos salen de los huevos.

Prueba

¿Qué son estas partes del lagarto cornudo?

¡Búscalas en el libro!

Busca las respuestas en la página 24.

? ?

Glosario en fotos

 **desierto**
página 6

 **escama**
páginas 5, 9, 11, 13

 **cuerno**
páginas 9, 10, 12–13

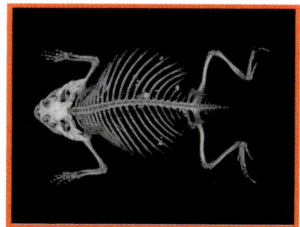 **vertebrado**
página 4

 **arena**
páginas 7, 20

Nota a padres y maestros

Leer para buscar información es un aspecto importante del desarrollo de la lectoescritura. El aprendizaje empieza con una pregunta. Si usted alienta a los niños a hacerse preguntas sobre el mundo que los rodea, los ayudará a verse como investigadores. Cada capítulo de este libro empieza con una pregunta. Lean la pregunta juntos, miren las fotos y traten de contestar la pregunta. Después, lean y comprueben si sus predicciones son correctas. Piensen en otras preguntas sobre el tema y comenten dónde pueden buscar las respuestas.

 PRECAUCIÓN: Recuérdeles a los niños que no deben tocar animales silvestres. Los niños deben lavarse las manos con agua y jabón después de tocar cualquier animal.

Índice

animal 4
arena. 7, 20
comida 18–19
cuernos. 9, 10, 12–13
desiertos 6
enemigos 13
escamas. 5, 9, 11, 13
hormigas 18
huesos 4
huevos 20, 21
insectos 18, 19

lengua. 19
tamaño. 14–15
tierra 7
vertebrado. 4

Respuestas de la página 22

escamas | cuernos